«PAROLE»

Dello stesso autore

IL DELFINO
L'ONDA PERFETTA
VELA BIANCA
SERENA
IL GUARDIANO DEL FARO
STELLA
IL VENTO DELL'OCEANO

SERGIO BAMBARÉN

IL SOLE
E LA COMETA

Traduzione di Marina Marini

Sperling & Kupfer Editori

Tales from Heavens

Illustrazioni di Paola Goitia Robaldo

ISBN 88-200-3599-5
86-I-04

II EDIZIONE

Visitate i siti www.bambaren.com e www.sperling.it

A Carlos, mio padre e maestro,
per avermi mostrato il mondo
facendomi comprendere come è veramente
e per avermi lasciato dispiegare le ali.

Indice

Prologo

Una delle cose che mi dà più gioia nella vita è quando mi attardo, a fine giornata, in riva all'oceano dopo una bella scorrazzata con il surf. Rimanere sulla spiaggia a guardare il tramonto e a osservare, con assoluta calma dal profondo della mia solitudine, la nascita di una nuova notte trapunta di stelle è una sensazione indescrivibile.

Gli ultimi raggi del sole color dell'oro mi avvisano che sta per calare la notte, rimiro a bocca aperta decine, centinaia anzi addirittura migliaia di luci brillanti che fanno capolino nella volta celeste. Ho l'illusione, se solo allungassi una mano, di poterle toccare.

Nel nostro magnifico mondo, ricco di tecnologia e conoscenza, abbiamo imparato che tutte le luci sfavillanti che accendono la notte sono il risultato di enormi esplosioni termonucleari, collisioni terribili, vecchie di milioni di anni luce, con un'energia che tutte le nostre bombe atomiche messe insieme non riescono a eguagliare.

Che strani nomi la scienza ha riservato loro: nana bianca, gigante rossa, buchi neri...

Cosa pensare allora? La magia delle costellazioni e delle stelle ammiccanti nel cielo può essere sminuita dai meri fatti naturali? Abbiamo scordato come si contempla il cielo? Forse non si sogna più?

Non lo so. Però, anche se sulle riviste scientifiche leggo che c'è sempre una spiegazione razionale alle meraviglie che vedo in cielo, il mio cuore mi dice che sono state messe lassù per farci sognare magici mondi e fantasticare sui tanti miracoli che accompagnano il nostro vivere quotidiano.

Persino per insegnarci storie che possono cambiare il corso della nostra vita, storie di gente e di creature venute da terre lontane...

Il sole e la cometa

Anni fa mi recai in un monastero sulla catena dell'Himalaya. L'ascesa fu molto difficile perché la forte escursione termica metteva a dura prova il nostro fisico. Ci vollero tre giorni per raggiungere la cima rocciosa dove sorgeva il tempio.

«Finalmente abbiamo conquistato la montagna!» esclamò Chandra, il vecchio sherpa, «anche se non conquisti mai la montagna, ma soltanto te stesso», puntualizzò l'uomo.

Chandra disse che quella era la notte giusta da trascorrere alle porte della cittadella, così decidemmo di accamparci fuori dalle mura e incontrare i monaci il giorno seguente. Faceva molto freddo per cui accendemmo un fuoco e ci disponemmo intorno a esso. Mi preparai un caffè bollente, mentre gli sherpa, chiusi nelle loro mantelle di yak, sorseggiavano un infuso caldo prima di coricarsi.

Nella notte una iridescente luna piena illuminava con tremule luci il tempio, sospeso magicamente in quell'aria rarefatta fra il cielo e la terra.

«Che luna magnifica!» esclamai. «Guarda com'è gialla: sembra forgiata con il fuoco.»

«È seducente come una femmina», aggiunse Chandra. «Sta aspettando il momento giusto per incontrare il sole e manifestargli tutto il suo amore.»

«Che intendi dire?» chiesi.

«Non conosci la storia del sole e della luna?» domandò stupito.

«Be', mi hanno insegnato che il sole si è originato da un'enorme esplosione termonu-

cleare successiva al Big Bang, e che la gigantesca palla di fuoco ha gettato nell'universo della polvere cosmica che ha dato vita ai pianeti.»

«E la luna?» fece Chandra.

«Se ricordo bene, un enorme asteroide andò a schiantarsi contro la Terra... e da questa collisione un grosso frammento con annessa altrettanta materia gravitante nella sua orbita divenne la luna.»

«È questo quello che ti hanno detto? Esplosioni termonucleari, asteroidi, il Big Bang?»

«Ebbene sì», risposi.

Chandra bevve il suo tè verde con lo sguardo rivolto alla luna piena.

«Quando ero piccolo, un monaco del tempio mi ha raccontato una storia di eterno amore tra il sole e la luna.»

«E tu ci credi?»

«Certo», ammise lui. «Ora anche di più, dopo averti sentito parlare di Big Bang, aste-

roidi e materia cosmica. Comunque rispetto le tue credenze. Buonanotte.»

Finito il suo tè, si coprì con la pelle di yak e andò a dormire.

Rimasi a lungo a fissare il fuoco. Era giallo come la luna.

Non riuscivo a prendere sonno, così andai dallo sherpa: «Chandra? Chandra?»

«Hmm... Che c'è, amico?»

«Sei sveglio?»

«Be', ora sì», bofonchiò mezzo addormentato.

«...Chandra?»

«Sì?»

«Potresti raccontarmi la storia del sole e della luna?»

Abbozzò un sorriso. «Sapevo che me lo avresti chiesto prima o poi, ma non pensavo tanto presto.» Si mise a sedere e fissò la grande volta celeste.

«È il posto giusto, lo sai?» osservò.

«Il posto giusto?»

«Sì», spiegò. «Dormendo all'aperto fra queste montagne in compagnia di così tante stelle, la nostra madre luna ci fa sentire che tutto è possibile. Lontano dalla società civile le nostre anime si aprono alle reali meraviglie del mondo, e le cose non sono più ciò che sembrano.»

Si versò del tè dal bricco ancora caldo e ne bevve una tazza. Poi ne riempì un'altra che mi allungò.

«Sei pronto ad ascoltare la vera storia della creazione del sole e della luna?»

«Sì.»

«D'accordo, chiudi gli occhi e ascolta bene.» Si alzò e si sedette al mio fianco.

Molti anni fa, prima che gli antenati dei miei nonni venissero al mondo, molti anni prima che i pesci e gli uccelli si muovessero sulla Terra, molti anni prima che si formassero gli oceani, ancora prima che la Terra stessa fosse creata, il sole era l'unica materia esistente. Non c'era niente in questa parte dell'universo.

Il sole era forte e credeva di essere molto saggio. Pensava di avere tutto il potere, e che nessuno avrebbe mai sfidato la sua maestà. Forte e orgoglioso, sapeva di vivere per l'eternità e di essere solo per sempre. In principio questa condizione non gli dava tanto fastidio, ma trascorsi migliaia e migliaia di anni, il suo orgoglio iniziò a spegnersi. Il fatto di essere la creatura più potente in questa parte di mondo non era più sufficiente. Per la prima volta dalla notte dei tempi, sentì di essere veramente solo. E questa solitudine lo fece star male, di una sofferenza mai provata prima. Si rese conto che il suo potere, il suo calore e tutta la sua energia non valevano nulla se non poteva impiegarli per gonfiarsi d'orgoglio.

Sulle prime cercò di vincere questo senso di vuoto, ma più si arrovellava contro di esso, più acuta diventava la sua pena. Il sole non sapeva di avere anche un cuore e non poteva immaginare che prima o poi lo avrebbe guidato verso il viaggio più bello: quello dell'amore.

Per uno spropositato numero di anni lottò contro questo sentimento che lo rendeva tanto triste e solo. Ogni giorno che passava il peso di vivere in eterno isolamento diventava insostenibile.

Una notte speciale, una cometa gli passò vicino. E sfiorandolo con la coda, gli porse il suo saluto.

«Ciao, sole.»

«Chi sei?»

«Sono una cometa.»

«Una cometa?»

«Sì. Sto viaggiando da non so quanto tempo per l'intero universo e ho osservato con mio sommo stupore tante meraviglie.»

«Ma niente in grado di eguagliare la mia forza e la mia potenza!» asserì superbo il sole.

Alla cometa venne da sorridere perché aveva visto altre palle di fuoco mille volte più grandi e potenti di lui, ma non voleva urtare i sentimenti del suo interlocutore celeste, così non glielo disse.

«No, mai», mentì.

«Naturalmente», affermò il sole. «Sono io il più potente.»

«E anche il più solo...»

Il sole la guardò incuriosito. «Che intendi dire con questo?»

«Lo sai bene», rispose. «Il colore del tuo calore mi rivela che il tuo orgoglio non ti permette di accettare il senso di vuoto che sta lentamente distruggendo il tuo cuore. Dovresti fare qualcosa.»

«Non ho bisogno di niente! Nemmeno di te!» replicò stizzito il sole. «Ho tutto quello che mi serve.» Il suo colore virò dal giallo pallido al rosso brillante.

«Naturalmente...» rispose la cometa. «Bene, non voglio annoiarti più a lungo, continuerò il mio viaggio. È stato bello vederti. Con un po' di fortuna c'incontreremo ancora, quando tornerò da queste parti fra parecchi milioni di anni. Arrivederci per ora.»

«Addio», disse il sole. Poi rifletté: parecchi

milioni di anni da solo! Che cosa avrebbe dovuto fare? Sapeva di essere il più potente in assoluto, ma sarebbe riuscito a sopportare la solitudine ancora per così tanto tempo?

«Ehi... aspetta un attimo, per favore», gridò alla cometa.

«Che cosa c'è, sole?» chiese lei.

«Non so che cosa sia, ma mi sono reso conto che potrebbe essere insopportabile trascorrere così tanto tempo da solo. Che cosa posso fare?»

«Parli del senso di solitudine?»

«Sì, di quello che a volte...»

La cometa fissò il sole e, nonostante l'intenso calore e la luminosità accecante che emanava, sentì la tristezza che serrava l'astro in un abbraccio soffocante.

«Sole?»

«Sì?»

«Nei miei viaggi fra le stelle dell'universo ho visto che ci sono altri soli, proprio come te, che sono circondati da parecchi pianeti. Sono un po' come dei figli, sai...»

«Pianeti? Che razza di cosa è un pianeta?»

«Be', a un certo stadio della loro eterna esistenza, questi soli, alcuni più giovani, altri anche più vecchi di te, decidono che la solitudine in cui vivono è insopportabile, e così scelgono di impiegare parte della loro forza fisica e del loro potere per creare pianeti e stare così un po' in compagnia. Ma tutto questo ha un prezzo.»

«Che prezzo?»

«Lo sforzo di creare pianeti è così intenso e ti indebolisce a tal punto che non sarai più in grado di vivere per sempre. Solo pochi milioni di anni.»

Il sole rimase in silenzio e assorto nei suoi pensieri, poi domandò: «Qual è lo scopo della mia forza fisica se non posso dividerla con gli altri?»

«Vedo che hai capito», rispose sorridendo la cometa.

«Che cosa dovrei fare allora?» chiese il sole.

«A che proposito?»

«Ma... per avere dei pianeti.»

«Lo saprai quando verrà il tuo tempo», aggiunse la cometa. «Ora devo proprio andare.» E schizzò via a gran velocità fra gli spazi siderali, lasciando dietro di sé una scia argentea lunga migliaia di chilometri, così luminosa e affascinante che il sole non poteva smettere di fissare, con grande meraviglia, ciò che quella piccola, insignificante cometa aveva lasciato.

Per molti anni il sole pensò a quello che la cometa gli aveva detto. Si era concentrato a lungo su come creare dei pianeti, ma senza fortuna. Finché un giorno, capì che la forza era dentro la sua luce. Iniziò a fare un giro e poi un altro più rapido, ruotando intorno al

suo asse tanto veloce da poter distinguere solo a stento i suoi tratti. Il colore del sole cambiò e la sua corona iniziò a espandersi sempre di più. All'improvviso, una forte esplosione poté essere scorta da tutti i punti dell'universo e piccole scaglie incandescenti principiarono a staccarsi dalla massa centrale. Vennero scaraventate lontano e subito si allinearono a distanze differenti.

Lo sforzo fu grande e l'astro, terribilmente spossato, dovette riposare per parecchie migliaia di anni.

La solitudine che aveva portato il sole a prendere una tale decisione aveva dato vita a un miracolo, ma la stella addormentata non se ne accorse.

I piccoli frammenti che appartenevano al sole adesso si stavano raffreddando, disponendosi intorno alla palla di fuoco secondo traiettorie circolari concentriche.

Eccoli diventati pianeti, il risultato della sua

creazione. Quella corte celeste non avrebbe più lasciato che il sole si sentisse solo.

Quando finalmente la stella si svegliò dal suo lungo sonno e aprì gli occhi, rimase sorpreso a vedere tutta quella figliolanza che gravitava intorno a lui. Quei corpi non avevano luce propria: dipendevano dalla sua luce. Per la prima volta si sentì utile. Ora sapeva che avrebbe dovuto prendersi cura di questa girandola celeste di pianeti che gravitavano intorno a lui, e così facendo, il sole sentì di non essere solo. E fu felice.

Fra tutti i pianeti quello che più lo interessava si trovava sul terzo anello. Era di un azzurro acceso, e aveva l'aria di essere molto speciale. Emanava calore e luce differenti dalle sue. La superficie sembrava coperta da batuffoli di cotone bianco e caratterizzata da bagliori di vario colore, persino nelle zone più nascoste.

Il sole non lo sapeva ancora, ma non aveva creato soltanto nuovi mondi... bensì qualcosa di più. Grazie al dono del calore e della luce, questo strano, bel pianeta azzurro aveva avuto il privilegio di essere la casa del più grande miracolo dell'universo, il «miracolo della vita».

Molti eoni passarono, e sebbene la nostra stella fosse felice di essere circondata da così tanti pianeti, si sentiva ancora un po' sola perché questi mondi non parlavano con lei. Aveva fatto tanta fatica per circondarsi di altri corpi celesti, ma non aveva compagnia.

Durante questi milioni di anni, il nuovo pianeta azzurro aveva iniziato a riempirsi di magnifiche creazioni: verdi pascoli ricoprivano la sua superficie, fiumi di un'acqua cristallina serpeggiavano lungo vallate rigogliose. Miriadi di animali differenti abitavano i suoi oceani e altrettanti volteggiavano nei cieli sopra i deserti e le foreste che il sole aveva aiutato a creare.

Il sole, però, era per così dire «all'oscuro» di quanto stava accadendo e continuava a sentirsi solo.

Un bel giorno la cometa che il sole aveva visto tanto tempo addietro, ricomparve all'orizzonte.

«Ciao, sole.»

«Ciao, cometa.»

«Dovresti sentirti molto felice adesso che sei circondato da così tanti pianeti!»

«Non proprio», rispose il sole.

«Perché no?» chiese la cometa.

«Mi sento molto solo. Non posso parlare con i pianeti.»

«Lasciami vedere che cosa posso fare», disse la cometa, e puntò dritto verso il pianeta azzurro.

* * *

La cometa passò rasente alla Terra e guardò estasiata tutte le magnifiche forme di vita che il sole aveva creato in cambio della rinuncia all'eternità. Si sentiva molto felice per tutte quelle creature, ma nello stesso tempo molto triste per il sole. Così radunò tutti gli abitanti della Terra e disse: «Avete ricevuto il dono della vita grazie al sole, che ha barattato la sua eternità per crearvi e instillarvi il prezioso soffio vitale, regalandovi tutte le meraviglie che l'esistenza offre. Lui è molto triste e temo che ciò lo porterà ad affievolire la sua luminosità. E se la perde tutti voi finirete male, perché è lei che vi tiene in vita».

«Che cosa possiamo fare?» chiesero in coro le creature della Terra.

«Potreste fargli un regalo», continuò la cometa. «Vi concedo un anno per radunarvi tutti su questo lato della Terra. Fatelo, e se anche alcuni fra voi moriranno, gli altri saranno in grado di dare al sole una buona ragione per vivere e tutte le specie potranno sopravvivere.»

Passò un anno e tutte le creature obbedirono alla cometa che ritornò e si dispose a fare il suo regalo al sole: deviò la sua traiettoria ed entrò nell'orbita gravitazionale della Terra, poi puntò dritta su quella parte della Terra che non era più abitata e con tutta la forza delle sue molecole... cercò l'impatto contro la superficie. La Terra tremò come mai aveva fatto prima, quando il corpo della cometa la colpì, e la massa di quest'ultima rimbalzò portandosi dietro un frammento di crosta terrestre. Inizialmente questo nuovo aggregato si lasciò trasportare lontano in una celestiale deriva cosmica, poi all'improvviso si fermò e iniziò a ruotare ammiccante intorno alla Terra, ospite del miracolo della vita.

* * *

««Sono la luna», così si presentò il nuovo satellite del terzo pianeta, gravitante intorno al sole. «Grazie a te, ora splendo della tua luce riflessa.»

Il sole non disse alla luna che aveva sacrificato la sua eternità per non sentirsi solo.

«Sole?»

«Sì, luna?»

«La luce di una candela non perde la sua brillantezza quando ne illumina altre.»

Il sole era sorpreso. Nessuno gli aveva mai parlato con tanta tenerezza e calore. Per la prima volta nella sua vita, non si sentì più solo e capì di essere amato. La luna notò il rialzo di temperatura del sole, e comprese che anche lui aveva sperimentato quello strano sentimento chiamato amore.

«Avevo tanta paura di rimanere solo per

sempre», ammise l'astro. «Adesso, però, con te, ho scoperto che non sarà così.»

E cercò di avvicinarsi alla luna.

«No», gridò lei. «Non farlo!»

«E perché?» chiese il sole. «C'è qualcosa di sbagliato nel cercare di toccarti?»

«Forse non lo sai, ma il tuo calore è così forte che se io mi avvicino troppo, mi sciolgo. Inoltre, distruggerai tutti i magnifici pianeti che ora gravitano con le loro orbite intorno a te e che ti tengono compagnia. Soprattutto guarda ciò che hai fatto al pianeta intorno a cui gravito. Non hai notato nulla di speciale?»

Il sole fissò il pianeta. Era di un azzurro acceso.

«Perché ha quel colore?» chiese.

«Mio caro, hai dato talmente tanto di te stesso nel crearci che su questo pianeta si sono avverate le giuste condizioni per generare il miracolo più stupefacente di tutti: la vita.»

«Ma questo significa che non potrò mai toccarti?»

«Vorrei poterti dire che un giorno sarà possibile, ma so che non sarà così. Rimarrà il nostro segreto per il resto delle nostre esistenze; ricordandoci quanto è forte l'amore quando è reale.»

«A... amore?» bofonchiò il sole.

La luna lo fissò e continuò: «Sole, ti amo tanto che quando corro verso l'altra faccia della Terra, il pianeta azzurro, e non posso vederti, chiudo gli occhi e sogno di te. E quando splendo di nuovo grazie alla tua luce intensa, il tuo calore produce la sensazione di una carezza sui miei seni, perché anch'io ho i miei mari...»

Il sole sperimentò un fremito per la prima volta, e si rese conto che questo nuovo sentimento gli avrebbe portato momenti di vera illuminazione, di gioia e anche tristezza.

«Sole?»

«Sì, luna?»

«Sai mantenere un segreto?»

«Certo.»

La luna fissò il sole con gli occhi dell'amore, poi parlò: «Adesso il mio nome è Luna, ma io sono la cometa a cui tu molti anni fa facesti domande sul modo di creare i pianeti per non sentirti solo. E quando ho visto che hai barattato l'eternità per riuscirci, mi sono innamorata di te. Così mi sono ripromessa che quando sarei tornata avrei escogitato un sistema per passare il resto della nostra vita insieme. E vuoi sapere un'altra cosa?»

«Che cosa?»

«Anch'io ho barattato la mia eternità per starti vicino. So che non mi pentirò mai della mia decisione.»

Per la prima volta il sole disseminò il cielo di gocce di fuoco che sembravano lacrime. «Grazie, luna. Ti amo anch'io tantissimo.»

«Lo so», rispose con un filo di tristezza. «Potremo soltanto essere insieme in poche occasioni e sebbene il tuo calore mi mantenga viva, devo starmene accanto alla Terra così mai dimenticherò il significato della vita, e soprattutto dell'amore. Ammiro la magnifica creazione di cui hai tutta la paternità e te ne parlerò sempre.»

Il sole era felice, anche se un po' triste. «E io ti aspetterò.»

Chandra bevve dell'altro tè. Io ero un po' perplesso. «È una bella storia», dissi. «Però se ho ben capito sebbene il sole e la luna siano amanti, non stanno mai insieme. Come può essere?»

«Sai quale giorno è domani?» chiese Chandra.

«Certo, domenica», risposi.

«Appunto», replicò. «Eppure non è una domenica qualunque, sarà il giorno che porterà la risposta alla tua domanda.»

* * *

Il giorno seguente andammo al tempio. Fummo salutati dai monaci che conoscevano bene Chandra e ci invitarono alle preghiere del mattino. Io ero perplesso, immerso nei miei pensieri sul sole e sulla luna.

All'improvviso mi resi conto che il cielo si stava rabbuiando.

Chandra mi fissò negli occhi e mi disse: «È ora».

«Ora per... che cosa?» chiesi.

«Perché alla tua domanda sia data una risposta. Seguimi.» Andammo fuori sul ballatoio, attorniati dai monaci.

«Guarda nell'alto del cielo», mi disse Chandra.

Lo feci e proprio in quell'istante la luna iniziò lentamente a oscurare la stella: per pochi minuti danzò sinuosa al cospetto del sole e alla fine con dolcezza ne coprì la sua superficie. Il giorno lasciò il passo alla notte e a occhio nudo si poteva distinguere intorno alla luna soltanto la brillante chioma dell'astro. Entrambi apparivano due giganti di pari potenza nel cielo. Il sole era stato interamente sormontato dalla luna, e soltanto un'indistinta corona di faville solari poteva essere scorta tutt'intorno al satellite della Terra.

Chandra si lasciò scappare un sorriso, poi parlò. «Il sole e la luna si abbracciano, e anche se il loro legame non durerà che pochi istanti, sarà abbastanza perché il loro amore continui a crescere almeno fino a che potranno stare di nuovo insieme ancora una volta, probabilmente più vecchi di venti o trent'anni.

«Ora sono amanti», continuò Chandra. «È durante l'eclissi che il sole e la luna possono stare insieme. Non sapremo mai le parole che si sono sussurrati l'un l'altra. Non dobbiamo mai scordare che questi rari momenti accadono soltanto poche volte nell'arco di una vita e

sono unici. Capitano quando il sole e la luna si lasciano andare a un abbraccio d'amore e dimenticano tutte le meraviglie che hanno creato barattando la loro eternità, cosicché noi potessimo provare gioia per tutte le cose belle che la vita offre. Dovremmo tutti avere sempre un grande rispetto per questi momenti preziosi, pieni di... magia.»

Questa è la storia che il vecchio e saggio sherpa mi raccontò a proposito del sole, della cometa, della luna e dei pianeti. Penso al Big Bang e so che tutto ha un senso. Ma quando ripenso alla storia che Chandra mi ha raccontato sull'Himalaya, il mio sguardo si alza verso il cielo, e uno strano brivido mi scorre lungo tutto il corpo. So che deve significare qualcosa...

Stelle cadenti

Hai mai visto una stella cadente?

Se la risposta è sì, sai che è uno spettacolo di pochi secondi. Ma finché dura, quella stella brilla come nessun'altra nel cielo e mentre attraversa il firmamento tutti si fermano con il naso all'insù a guardarla. Tanta gente ammaliata dalla sua magia spera che un desiderio impossibile si avveri...

Brad chiuse con cura la portiera della sua Range-Rover. L'aveva acquistata una settimana prima e come ogni patito di automobili aveva preso l'ultimo modello.

Aprì il cofano per la decima volta in quel giorno, per controllare che fosse tutto a posto. Verificò l'olio: aveva un aspetto pulito e viscoso. Dette un'occhiata al circuito idraulico dei freni: perfetto. Il liquido scuro e oleoso era esattamente a metà tra i segni di minimo e massimo. Il refrigerante nel radiatore aveva un aspetto bello chiaro. Sorrise compiaciuto visto che ogni cosa era a posto.

Ben presto, però, il sorriso si spense sopraffatto da un'ondata di tristezza. Sì, possedeva una potente macchina nuova, una bella casa alla periferia di Boston, aveva una carriera di ingegnere molto promettente in tasca, ma Brad Martin, trentaquattro anni, dovette ritornare ancora una volta alla spiacevole realtà di essere infelice.

Brad era un uomo molto solo. Non che fosse un single convinto, o contrario a costruirsi una famiglia, ma perché durante i suoi anni di duro lavoro aveva abbandonato l'idea di trovare una lei, pensando che l'amore, come i miracoli, avrebbe un bel giorno bussato alla sua porta.

Brad aveva tante buone qualità: era un bel ragazzo, gran lavoratore, leale verso tutti, amico sincero. Sportivo, amava fare jogging lungo i magnifici viali che costeggiavano il Charles River, a Boston. Eppure odiava fare nuovi incontri, specie fra il gentil sesso, per una ragione molto semplice: era tremendamente timido. Ogni volta che una donna mostrava un po' di interesse nei suoi confronti gli sudavano le mani, il cuore prendeva a correre all'impazzata, e l'adrenalina gli annebbiava il cervello. E quel brillante ingegnere che sembrava avere tutto sotto controllo nella sua vita balbettava, non riusciva a iniziare una conversazione, o peggio, borbottava parole insulse che puntualmente facevano scappare le ragazze. Molta gente si perdeva l'opportunità di conoscere questa bella persona per colpa della timidezza con cui aveva convissuto sin dall'adolescenza.

La timidezza è la paura di essere respinti, di non venire accettati, il rifiuto di correre il rischio di soffrire. Brad lo sapeva molto bene e viveva nel suo mondo solitario, proprio come migliaia di altri uomini e donne di Boston che, troppo spaventati dall'idea di dare una chance all'amore andandoselo a cercare, preferivano aspettare senza troppe speranze che accadesse un miracolo.

Per Brad e tutte le altre persone come lui, la vita era sinonimo di solitudine, protetta da un alto muro di cinta che non avrebbe consentito al dolore del mondo esterno di ferirli, ma perdendo l'opportunità di venir agganciati dall'amore che pure attende ciascuno.

Kirsten Saunders dette un'ultima occhiata al dossier nero appoggiato sulla sua scrivania di quercia. Avvocato presso il tribunale di Boston, aveva lavorato duramente negli ultimi tre mesi a un caso di frode di fondi pubblici. Sapeva che stava per sollevare un grosso scandalo che avrebbe travolto membri molto in vista della società di Boston e altrettanti autorevoli nomi dell'amministrazione pubblica. Ma al momento della laurea aveva prestato solenne giuramento di servire la Legge e di muoversi al meglio delle proprie possibilità, e così si era decisa a portare questo caso fino in fondo.

Erano le tre del mattino, niente di strano per questa magnifica donna che lavorava tante ore di seguito: ma il suo corpo aveva assoluto bisogno di riposo. Come pubblico ufficiale Kirsten non guadagnava un granché, ma il suo scopo non era il denaro, bensì aiutare i poveri e svelare scandali sul depistaggio di denaro pubblico. La gente aveva tutto il diritto di avere una degna difesa.

Chiamò l'ascensore, si recò nel parcheggio e salì in macchina. Percorse lentamente i dieci chilometri che la separavano dall'appartamento dove aveva vissuto negli ultimi otto anni, a due passi dalla costa. Quando chiuse l'auto, quel sentimento di nostalgia che conosceva tanto bene iniziò a riaffiorare, come ogni notte.

Sapeva che al capolinea di quel tragitto l'aspettava ancora una volta uno spazio vuoto e freddo che lei chiamava «casa», e nessuno sarebbe stato lì ad attenderla. Kirsten aveva trentun anni e sentiva che la vita le stava scivolando via troppo velocemente. Il timore della solitudine, di perdere l'occasione di vivere un'esistenza piena e meravigliosa con qualcun altro prendeva sempre di più il sopravvento.

Dove si era cacciato il suo Principe Azzurro? L'aspettava forse in qualche bel castello, in procinto di saltare in groppa al suo cavallo bianco per apparire poi all'improvviso alla porta di Kirsten? Non era così che doveva essere? L'amore non è pieno di magia e con un lieto fine?

Nessun Principe o cavallo bianco ad attenderla davanti alla porta del suo appartamento. Solo una flebile luce lasciata accesa da Kirsten per non fare ritorno a casa sprofondando in quell'habitat oscuro e solitario. Quella flebile luce era come un segno, una speranza che forse, solo forse quella persona speciale dei suoi sogni un bel giorno avrebbe bussato da lei.

Di certo non era quello il giorno fatidico, e poi era stanca morta. Appena il tempo di togliersi le scarpe e infilarsi nel letto per trovarsi nelle braccia di Morfeo. Era più facile così. Dormendo, non poteva sentire il dolore della solitudine e, proprio come Brad Martin, Kirsten si era costruita intorno a sé un muro di cinta tanto alto che l'amore non era capace di scalarlo.

In una notte ammantata di stelle, limpida come sanno essere quelle in riva al mare, Brad Martin e Kirsten Saunders fissavano entrambi il cielo dai terrazzi delle rispettive case: mondi solitari e assolutamente privati.

All'improvviso, tutti e due videro una stella cadente che fendeva il cielo con la sua luce e

quasi all'unisono sentirono lo stesso strano impulso di esprimere un desiderio. Un miracolo poteva sempre capitare, in fin dei conti, e forse sarebbero stati in grado di trovare quella persona che mancava disperatamente: un essere speciale che avrebbe dato significato alle loro azioni e alla loro vita, qualcuno pronto a dividere un'esistenza di felicità e tristezza, di meraviglia e sfida.

Brad Martin si sentì un po' ridicolo. Come avrebbe potuto un semplice desiderio, affidato a una stella cadente, essere la risposta alle sue preghiere? Come tutto questo lo avrebbe aiutato a trovare l'amore della sua vita?

Si alzò dalla poltrona ed entrò nella sua bella casa. Sapeva che all'indomani avrebbe avuto un gran daffare, perciò era meglio dormire e lasciarsi alle spalle quella tristezza.

Dall'altra parte della città, intanto, Kirsten Saunders sorseggiò avidamente del vino rosso e si mise a ridere. Pensò che era proprio una sciocca se credeva che una stella cadente avrebbe attirato il grande amore della sua vita! Avrebbe dovuto convincersi che il tempo degli amori era passato da un pezzo, così si ritrovò a fare quello che aveva sempre fatto: tornò alla considerevole mole di pratiche che l'attendeva nella sua stanza. Odiava se stessa ancora di più adesso perché aveva permesso che il suo lavoro le sottraesse il tempo che una volta dedicava alle passeggiate in bici lungo il Charles River.

Eppure Brad e Kirsten, senza neanche rendersene conto, avevano fatto le due mosse più importanti per spianare la strada all'amore: avevano creduto, anche se solo per un istante, che il loro sogno potesse realizzarsi e avevano espresso un desiderio aggrappati alla chioma di una stella cadente, affinché qualcuno o qualcosa li aiutasse a comprendere che il vero amore di solito non ti viene a cercare.

Sei tu che devi scovarlo.

* * *

Sempre quella notte, a quattro milioni di anni luce dalla Terra, due stelle brillantissime, amiche per la pelle da più di cento milioni d'anni, erano di guardia e rimasero sorprese nel constatare che quell'uomo e quella donna avevano espresso lo stesso desiderio.

«Indovina!» esordì Adhara, la stella più vecchia, rivolta all'amica Mizar, poi continuò: «Ancora una volta gli uomini ci stanno chiedendo aiuto. Perché non capiscono che sono loro i padroni del proprio destino, che se lavorano sodo per ciò che desiderano, la vita li condurrà in un porto sicuro?»

«Scommetto che la gente non si rende conto di quanto la vita a volte la metta sulla strada giusta per ottenere ciò che vuole», replicò Mizar.

«Hai proprio ragione», rispose Adhara. «Comunque è bello sapere che sulla Terra si cerca ancora la felicità nei modi più bizzarri, anche se non sono sicuri di aver successo.»

«È la fede», disse Mizar. «Che magnifico sentimento! Credere quando non hai prove.»

«Che cosa dovremmo fare?» chiese Adhara.

«Non so... Hai qualche idea al proposito?»

«Hmm... Sai bene che non possiamo presentarli l'uno all'altra. Va contro tutte le leggi che governano il vero amore, però potremmo cercare di influenzare solo un po' il loro agire in modo che... s'incontrino.»

«Intendi dare loro le chiavi?» domandò Mizar.

«Sì, qualcosa del genere», rispose Adhara.

«Pensi che dovremmo mandare Capella sulla Terra, per aiutare queste due magnifiche persone, così sole?»

«Credi che ci aiuterà?»

Mizar sorrise. «Ricordi che cosa è successo l'ultima volta che Capella andò in missione sulla Terra?»

«Sì», rispose Adhara con un sorriso. «Ricordo la sua parabola nel cielo di quel pianeta e la preoccupazione di Capella di non sapere quale scopo avesse il suo viaggio.»

«Stella di nessuna fede...»

«Già», affermò Adhara. «Quello era tanto tempo fa, più di duemila anni. Capella venne mandata sulla Terra, in un villaggio in mezzo al deserto, per illuminare una capanna dove un neonato era appena venuto al mondo. Penso che il posto si chiamasse Betlemme.»

«Tiri sempre in ballo quella vecchia storia per convincermi, vero?» poi con un sorriso compiaciuto che la rese ancora più luminosa, disse: «D'accordo, andiamo ad avvertire Capella che deve tuffarsi di nuovo... giù sulla Terra».

«Ancora lì?» chiese Capella. «Perché proprio io?»

«Be', hai fatto meraviglie l'ultima volta. E poi conosci lo spirito degli esseri umani meglio di chiunque altro nel firmamento. Hai esperienza in fatto di virate luminose... E sai anche che con la tua chioma piacerai di sicuro al cielo.»

«Uffa, e va bene... ci andrò», affermò Capella.

Così in una notte senza storia, si mise in viaggio verso la Terra camuffata da stella cadente.

Capella si presentò alla periferia di Boston sotto mentite spoglie: si trasformò in una lucciola, sapendo che non poteva nascondere del tutto la sua luce. A quel punto fece un paio di giri sopra la città finché trovò la casa di Kirsten, dove la flebile luce che la donna lasciava sempre accesa faceva da testimone silente alla sua solitudine.

La lucciola Capella vide Kirsten intenta a

lavorare, circondata come sempre da montagne di carte. Una delle finestre era semiaperta, abbassò la sua luce di lucciola e poi entrò nella stanza: «Ciao, Kirsten», disse.

La donna si alzò di scatto, spaventata. «Chi è là?» gridò.

«Sono Capella», rispose guardandola in faccia. «Non avere paura. Eccomi qua, davanti a te.» Capella ce la mise tutta e... si accese di luce propria, una luce che brillava dal suo tondo didietro.

«Ma tu... sei una lucciola!» affermò stupita Kirsten.

«A dire il vero, ehm... sono una stella, solo che è più facile mostrarmi sulla Terra come lucciola per evitare di spaventare la gente, per non parlare di accecarli o di infiammarli con la mia chioma ricciuta! Niente panico, Kirsten. Voglio solo aiutarti a realizzare il tuo desiderio.»

«Di che cosa stai parlando?»

«Alcune notti fa tu hai chiesto l'amore a una stella cadente», disse Capella. «Voi umani siete troppo indaffarati nel vostro mondo e non credete più di venire ascoltati, quando parlate al cielo, be'... non è così.»

Kirsten, dopo aver udito quella strana creatura che le stava raccontando per filo e per segno il suo desiderio, fece un passo indietro e si mise a piangere.

«Oh, sono così presa dal mio lavoro e ho tanta paura di amare davvero qualcuno che alla fine penso di aver perduto la gioia più importante nella vita.»

Capella la fissò. «In effetti, crea sgomento essere innamorati.»

«Come fai a saperlo?» domandò Kirsten, curiosa.

«Guarda che non sono stata una stella per tutta la vita!» Con lo sguardo rivolto a Kirsten, mentre la sua pallida luce pulsava, continuò: «Non scordare Kirsten che lo stesso muro che esclude gli altri tenendoli alla larga, rinchiude te in uno spazio ben definito».

Iniziò a svolazzare intorno alla donna: «Nel destino c'è sempre un'opportunità. Devi ascoltare il tuo cuore quando ti parla, persino quando ti senti spaventata».

«E come posso trovare l'amore?» incalzò Kirsten.

«Nessuno potrà indicarti il momento, né darti il coraggio o la forza di volontà per trovarlo. È una cosa che devi fare da te. La gente non vuole starsene da sola, lo sai questo? Almeno, non sempre.»

«Mi aiuterai?» chiese Kirsten.

«Puoi contarci», rispose Capella. «Ma tu ci dovrai mettere volontà e forza per raggiungere l'obiettivo, questo non è compito mio.»

Kirsten si svegliò il mattino seguente nella poltrona dove aveva lavorato tutta la notte. Si sentiva strana e credette di aver fatto un sogno strambo: una lucciola le aveva fatto visita e le aveva detto che l'avrebbe aiutata a trovare l'amore. Lavoro troppo, pensò Kirsten. Diede un'occhiata all'orologio e con un balzo da cerbiatta s'infilò sotto la doccia. Era tardi e doveva correre in ufficio.

Dopo che Kirsten si era addormentata, la lucciola era volata via per fare rotta verso la casa di Brad. Lo trovò indaffarato in garage, con la testa dentro il cofano della sua Range-Rover. Si avvicinò con circospezione al giovane.

«Brad?»

L'uomo si girò, ma non vide nessuno. «Chi va là?» disse sospettoso.

«Sono io, Capella.» La bestiolina si portò di fronte al naso di Brad e s'accese di luce propria, a partire dal suo grazioso didietro.

«Sto... sognando o che cosa?» mormorò Brad.

«Nient'affatto», rispose Capella. «Perché gli uomini non possono credere a ciò che vedono, anche se è un'esperienza strana?»

«Sei una lucciola... parlante», disse il giovane.

«Naturalmente! Sono anche una stella e sono venuta quaggiù per aiutarti a realizzare il tuo desiderio.»

«Quale desiderio?»

«Avanti, Brad, sai bene che cosa intendo! Muori dalla voglia di trovare una compagna!»

«E tu come lo sai?»

«Sono una stella, ricordi?»

«E da lassù hai origliato!»

«È naturale che... ehm, ascoltiamo! Siete voi esseri umani che qualche volta dimenticate di credere!»

«Be', come la incontro? La donna intendo...» tagliò corto Brad. «Non ho ancora conosciuto la mia lei.»

«Gli sconosciuti, e nel tuo caso le donne sconosciute, sono amici che devi ancora incontrare», sentenziò Capella in veste di Grillo parlante.

«Ho un problema...» disse Brad.

«La tua timidezza?»

«Esatto.»

«Be', sfruttala a tuo vantaggio anziché considerarla un problema.»

«Come?» chiese Brad.

«Ti darò una mano», rispose Capella. «Però tu ci dovrai mettere volontà e forza per raggiungere l'obiettivo, questo non è compito mio.»

Brad si risvegliò il mattino seguente sul sedile anteriore della sua jeep. Si sentiva strano e credette di aver fatto un sogno strambo: una lucciola gli aveva fatto visita e gli aveva detto che l'avrebbe aiutato a trovare l'amore. Lavoro troppo, pensò Brad. Diede un'occhiata all'orologio e con un balzo da giaguaro s'infilò sotto la doccia. Era tardi e doveva correre in ufficio. Guidando, cercò di non pensare ai suoi problemi personali, ma non poteva distogliere la mente dal sogno che aveva fatto la notte precedente.

Kirsten rincasò dopo una frenetica giornata di lavoro. Aveva condotto un caso con grande abilità guadagnandosi la stima di tutti i colleghi. Era felice del suo successo dopo aver lavorato così duramente.

Appena entrata, si liberò delle scarpe e si servì un bicchiere di vino rosso. Accomodatasi in soggiorno, accese la televisione. Ancora una volta, la solitudine aveva preso il sopravvento. Decise di andare a letto, ma proprio in quel momento le venne in mente ciò che la lucciola le aveva detto: «Non scordare Kirsten che lo stesso muro che esclude gli altri tenendoli alla larga, rinchiude te in uno spazio ben definito».

No, questa sera non starò in casa, si disse. Andò in camera da letto e indossò dei vestiti sportivi. Poi raggiunse il garage, inforcò la sua vecchia bicicletta sgangherata e pedalò in direzione del Charles River.

Brad aveva avuto una giornata stressantissima al lavoro. La sua presentazione al Consiglio di amministrazione era stata brillante, tanto che ognuno dei presenti si era congratulato con lui.

Arrivato a casa, stava per iniziare il solito rituale di aprire il cofano della jeep per controllare che tutto fosse a posto, quando, sbucate fuori da chissà dove, ricordò le parole della notte innanzi: «Siete voi esseri umani che qualche volta dimenticate di credere!»

Brad fece un respiro profondo. Il sogno sembrava così reale... All'improvviso osservò la sua mano appoggiata sul cofano... No, questa sera non starò in casa, comandò a se stesso. Entrò e dopo cinque minuti uscì di nuovo con addosso la tuta da jogging e nella testa la sua meta preferita per correre: il viale lungo il Charles River.

Kirsten era furente. *Una giornata pesante, di quelle che non finiscono mai, e adesso anche questo: una gomma a terra!* Stava per piangere. Non c'era più speranza, era proprio sola.

«Addio, Kirsten.»

La donna alzò la testa. Non vide nessuno, solo una lucciola che scompariva tra gli alberi.

«Posso aiutarti?»

«Che... che cosa?»

«Serve aiuto?»

Kirsten guardò in faccia lo sconosciuto che si stava offrendo di aiutarla.

«La mia dannata bicicletta ha una gomma a terra e non so come uscirne.»

«Vediamo un po'...» disse il giovane. «Ah sì, bisogna solo ripararla. C'è una pompa di benzina a un paio di isolati da qui. Penso proprio che laggiù possano metterci le mani.» Brad fece un profondo respiro e finalmente osò pronunciare: «Ti dispiace se vengo con te?»

«No, certo», rispose Kirsten.

«Magnifico! A proposito... io sono Brad.»

«E io Kirsten.»

Per la prima volta si guardarono negli occhi e come bambini si sorrisero. «Di solito vieni a correre da queste parti?»

«Be' è una mia abitudine, ma negli ultimi

tempi sono stato troppo occupato. Però questa sera sentivo di doverlo fare.»

«Che combinazione», fece Kirsten. «È capitato lo stesso anche a me.»

Brad raccolse da terra la bicicletta, poi insieme si avviarono verso la pompa di benzina, con il sorriso sul volto e la voglia di scherzare nel cuore.

Erano così presi l'uno dall'altra che non si accorsero neanche di una stella cadente che con la sua luce stava fendendo il cielo proprio sopra di loro.

La farfalla Monarca

C'è un posto molto speciale lungo la costa della California, vicino a Santa Cruz, la città del surf. La spiaggia si chiama Natural Bridge Beach, una magnifica distesa di sabbia dove regna il silenzio, tutta circondata da foreste di alberi plurisecolari, fra i più vecchi sulla Terra.

Il maestoso spettacolo della foresta che bacia le dune bianchissime è mozzafiato, ma la battaglia senza fine dell'oceano, quando, onda dopo onda, si frange sulla scogliera e le urla del mare sono così potenti da restituirne l'eco, è unica. Nel cuore di questa antichissima foresta gli alberi, testimoni d'una pace straordinaria, ti fanno sentire a stretto contatto con la natura, in un'eccezionale sintonia con la più bella delle creature: la farfalla Monarca.

L'estate sta finendo e la stagione degli amori volge al termine. La maggior parte delle farfalle è arrivata alla fine di un'esistenza breve quanto uno sbatter d'ali. Hanno speso tutte le proprie energie nel trasmettere la vita a una nuova progenie di farfalle dai colori meravigliosi, proprio come è avvenuto per secoli e secoli. Prima di compiere l'ultimo volo, le femmine cercano fino allo spasimo una pianta, l'*Asclepias syriaca*, l'unica adatta a depositarvi le uova, che sembrano sfere di un giallo vellutato, grandi quanto una capocchia di spillo. Sono perfette e fanno bella mostra di sé

sotto il sole, come gemme senza prezzo, tagliate da un maestro orafo. Cullate dalla canicola, le future farfalle Monarca si aggrappano alla foglia che le nutrirà una volta infranto il guscio.

Nei giorni seguenti, le uova restano ben salde su quella pianta nutrice che solo le femmine conoscono. All'interno di ogni uovo inizia un cambiamento, e il loro colore da giallo si fa grigio. All'improvviso, qualcosa dentro comincia ad agitarsi, cercando con tutte le forze una via d'uscita dall'involucro filamentoso che tiene agganciati questi insetti alla pianta per tre o quattro giorni.

Uno dopo l'altro i gusci si infrangono, lasciando che la creatura cresciuta al loro interno veda la luce del giorno per la prima volta. Una volta liberi, i bruchi si guardano e il primo sentimento che provano è terrore misto a profonda meraviglia. Hanno un aspetto orribile! Minuscoli bottoni neri infestano la pianta. Sono larve e terribilmente affamate. Si sbarazzano del bozzolo e fanno quello che l'istinto detta loro: iniziano a mangiare. Dopo aver divorato la pianta a cui sono attaccati, i bruchi si guardano intorno e vedono un gran numero di magnifiche farfalle spiccare il volo, non molto lontano dal fogliame che ha fatto loro da culla. La magnificenza delle ali di color arancione e nero di questi esemplari finisce per sopraffarli. Si sentono male al confronto con queste perfette macchine volanti! Nel profondo del loro spirito le brutte larve odiano se stesse e provano invidia per quella bellezza più che per qualunque altra cosa al mondo.

Quella notte, dopo aver banchettato follemente a spese della pianta nutrice, i bruchi si appisolarono, avviliti per il loro brutto aspetto e il debutto terribile che il destino aveva riservato loro.

Uno che sembrava più triste degli altri, scoppiò a piangere.

«Noi siamo orribili! Penso che non ci sia un altro animale così brutto. Osservando quelle magnifiche farfalle nel cielo, mi domando quanto debba essere meraviglioso sentirsi insetti tanto belli. Devono essere l'invidia di tutte le altre creature della Terra.»

«Non essere così duro con te stesso», disse una voce fuoricampo. «Considerati fortunato per la vita che ti è stata data; ringrazia per questo dono e cogli ogni attimo della tua esistenza come se fosse l'ultimo.»

«Chi sei?» chiese il bruco.

«Alza gli occhi.»

Il bruco vide una palla gialla che brillava nella notte, e illuminando ogni cosa intorno sembrava fare compagnia ai bruchi.

«Ciao», riprese la voce femminile, «il mio nome è luna e ho avuto l'incarico di tenervi compagnia e farvi luce.»

«Ciao, luna», rispose ossequioso il bruco triste a nome di tutta la famiglia. «Sei così... gialla, così... splendente, così... bella.»

«E tu, perché sei così triste?» domandò la luna.

«Oggi ho visto farfalle magnifiche volare alte nel cielo, e ora, guardando anche te, mi sento il più brutto di tutti!»

«Mio caro, non lasciare che i tuoi occhi ti facciano diventare matto per via della vera bellezza che va cercata invece dentro di te. Non lo sai ancora, ma si preparano grandi e magnifici cambiamenti per te, e rimarrai sorpreso delle trasformazioni a cui andrai incontro. Posso soltanto anticiparti questo: divertiti finché puoi e non perdere tempo a essere qualcosa che non sei. Impara a essere il migliore amico di te stesso perché altrimenti puoi facilmente cadere nella trappola di divenire il peggior nemico. Sii sempre orgoglioso di quello che sei, e vivi alla grande giorno per giorno, come se non ci fosse un domani.»

Il bruco divorò senza tregua altro cibo per i quindici giorni successivi, e il suo peso aumentò di duemila volte. Cresceva tanto in fretta che ogni quattro o cinque giorni era obbligato a cambiare pelle, perché quella che aveva gli andava troppo stretta.

A un certo punto l'insetto raggiunse la maturazione sessuale, come la maggior parte dei suoi simili, e scoprì di essere una «bruchessa». Invece di diventare più bella a mano a mano che cresceva, sentiva di essere sempre più brutta. È facile per la luna dirmi di divertirmi ogni momento della mia vita, pensò, ma come posso fare se non sopporto il mio aspetto fisico?

«Devi smetterla di odiarti.»

«Sei tu, luna?»

«Sì.»

La bruchessa abbassò la testa. «Luna, perché non posso essere bella come te? Tu fai della notte un nuovo giorno e ogni creatura vivente ti fissa stupita ed estasiata di fronte a così tanta luce.»

«La luce più importante di ogni essere vivente è quella che viene da dentro, non quella che tu sei in grado di vedere.» La luna si offuscò per un attimo, come se s'intristisse. «Mia cara bruchessa! Presto il tuo desiderio di diventare bella si avvererà, ma allora capirai che quel tipo di bellezza non ti darà la felicità che stai cercando, la otterrai solo quando avrai imparato ad amarti per quello che sei!»

* * *

Passarono altri quindici giorni e la bruchessa avvertì un senso di soffocamento, la pelle iniziò a indurirsi e nel suo corpo s'innescò una catena di cambiamenti: il miracolo della metamorfosi era sul punto di prendere il via. La bruchessa sentì impellente il bisogno di trovarsi una buca ben riparata nel terreno, prima che la sua pelle incartapecorita rendesse impossibile ogni movimento.

Trovato il posto giusto, la larva distese sul fondo un bozzolo di filamenti di seta, si attaccò a testa in giù e arricciò il suo corpo a mo' di lettera «J». Lasciò cadere la sua pelle un'ultima volta e la rimpiazzò con un mantello che divenne la sua nuova corazza.

Nei giorni che seguirono, avvennero cambiamenti straordinari dentro questa crisalide e la sgradevole bruchessa che masticava foglie a tutto spiano era pronta a trasformarsi nella farfalla Monarca, radiosa succhiatrice di nettare. La luna osservò con tutta calma l'in-

tera trasformazione. «Amica mia, carissima», disse, «alla fine sei diventata ciò che dovevi essere da quando sei nata. Hai già sprecato abbastanza tempo a odiarti, mentre avresti potuto divertirti semplicemente essendo te stessa. Un giorno ti renderai conto di quanto prezioso sia stato il tempo che hai buttato via e quanto alto sia il prezzo da pagare per diventare farfalla.»

Il giorno seguente, felice per il cambiamento fisico avvenuto, la farfalla dispiegò le sue magnifiche ali color arancione e nero, e iniziò a prendere dimestichezza con il suo nuovo corpo. Dopo qualche istante, sicura di sé e con le ali rafforzate poté volare lontano.

Sono così... bella! pensò.

Intanto erano arrivati i primi freddi e la Monarca sentì il bisogno di migrare verso terre più calde. Vide milioni di altre farfalle, proprio come lei, radunarsi e volare via insieme, e andò con loro. In quel momento sentì l'abbraccio delle altre farfalle che stavano volando con lei. La sua bellezza non contava più. Doveva fuggire lontano per sopravvivere.

Volò per parecchie settimane, prendendosi il tempo per un riposino sugli alberi, dove migliaia di altre sue simili si stringevano le une alle altre, a formare dense nubi ondeggianti proprio sopra alle piante: ogni animale se ne stava sospeso con le ali abbassate così da sovrastare un altro esemplare e l'insieme garantiva un «effetto tegola», utile a dare riparo dalla pioggia e dal calore a tutto il gruppo. Il peso di queste nuvole ondeggianti impediva alle farfalle di essere sferzate e scacciate dal vento. La singola farfalla si stringeva a tutte le altre, forte di una bellezza unica, ma terribilmente sola. Dopo pochi giorni, il freddo vento del Nord colse le farfalle Monarca spossate dalle intemperie. Molte di loro morirono, compresa la bruchessa che aveva odiato se stessa in gioventù. Soltanto pochi esemplari furono in grado di sopravvivere per generare e mantenere viva la specie. Ma quelle tanto fortunate da farcela sarebbero presto morte anche loro, perché la vita della farfalla non dura più di sei settimane.

«Mamma vieni, presto! Guarda che cosa ho trovato!»

La donna corse e vide suo figlio che teneva nella minuscola mano una farfalla morta.

«Quella è una farfalla Monarca, una *Danaus plexippus,* se ben ricordo», disse a suo figlio.

«È morta?» chiese il piccolo.

«Sì», ammise la madre.

«Non la trovi bellissima?»

«Sì, certo che lo è», rispose. «Ora, andiamo

e... facciamo un fuoco. È una magnifica notte di luna piena.»

Il bambino guardò la farfalla per un'ultima volta. La pallida luce della luna si rifletteva nelle sue ali. Sei bellissima, pensò il bambino, poi la gettò a terra e corse da sua madre.

L'*aquilone d'oro*

Da bambino, amavo far volare il mio aquilone in un piccolo parco a due passi da casa, un prato verde che si affacciava direttamente sull'oceano.

Era mio padre che costellava pazientemente la mia gioventù di momenti di vera felicità. Aveva l'abitudine di accompagnarmi in macchina a comprare i bastoncini, la corda, la carta speciale, insomma tutto l'occorrente per fare l'aquilone. Quando era ultimato, con la coda e tutto il resto, lo teneva alto controvento con la sua mano forte fino al momento del segnale convenuto: un suo cenno e io inizia-

vo a correre. Correvo a perdifiato, poi mi giravo a guardare, al colmo della soddisfazione, l'aquilone colorato che prendeva quota alzandosi sempre più in alto nel cielo: quello era il momento di dare corda e di correre fino a quando lo spago si esauriva nel mulinello.

Per me era sempre motivo di grande meraviglia vedere quanto in alto un aquilone potesse alzarsi. Dipendeva forse dalla resistenza della sua intelaiatura? Era la lunghezza della corda a fare la differenza? O piuttosto la forza del vento?

Non l'ho mai appurato. Però ho sempre saputo una cosa: andava in alto tanto quanto io sognavo che potesse...

Smarrito.

Così mi è sembrato la prima volta che ho parlato con lui. Stava da solo, cercando di far volare il suo aquilone nel parco.

Non c'era niente di strano in quel gracile ragazzo dai piedi scalzi e dai lunghi capelli color dell'oro che correva a più non posso per far volare il suo aquilone. Eppure, il modo in cui lo faceva volare mi faceva capire che era diverso dagli altri. Non solo cercava di far volare il suo giocattolo, ma gli parlava, lo chiamava, come per spronarlo ad andare più veloce.

Ci tentava, facendo librare il suo aquilone

splendente come un diamante e colorato con i colori pastello di una volta, e poi ancora di nuovo su nel cielo della fredda brezza mattutina: era inverno. Ma ogni volta che era sul punto di impennarsi, finiva per virare da un'altra parte e planava a terra. Il ragazzo si avvicinava, lo rimetteva in aria bello dritto sopra il suo capo per lasciarlo andare appena si metteva di nuovo a correre. L'aquilone s'impennava bruscamente, girava da un lato e si schiantava ancora a terra.

«Dovresti allungare un po' la coda», suggerii. «Fallo anche un po' più pesante, così quando inizi a correre e l'aquilone sta per alzarsi, la coda controllerà la direzione.»

«Ne sei sicuro?» chiese.

A essere onesto, no. Non avendo figli, mi ricordavo solo di quelle volte in cui mio padre mi portava a far volare il mio prototipo. Però ricorderò sempre ciò che mio padre mi diceva: il segreto di un aquilone ben bilanciato sta nella coda. Se è troppo lunga, non va abbastanza in alto, se troppo corta, si piega inesorabilmente da una parte, e poi si avvita su se stesso senza più controllo fino ad abbattersi a terra.

«Una coda più lunga, dici? Ne sei sicuro?» incalzò di nuovo il ragazzo. «Pensi che se la farò più lunga mi spingerà in alto nel cielo con lui?»

Sorrisi. «No di certo. L'aquilone andrà più in alto, ma non ti spingerà in cielo!»

«Allora non va bene», rispose. Raccolse da terra il suo amico alato, arrotolò lo spago e fece per andarsene via.

Mi sentivo terribilmente in colpa. Mi ero scontrato con il sogno di un ragazzo: il suo aquilone lo avrebbe aiutato a volare. Dovevo essere sincero con lui e farlo desistere dal fare sforzi che non avrebbero funzionato. Tuttavia, la tristezza che vidi nei suoi occhi mi fece riflettere.

«Ehi, amico! Aspetta!» urlai.

Si fermò e mi guardò.

«Tu vorresti un aquilone che ti aiuti a volare.»

«Non proprio», ammise. «Ho bisogno che mi faccia volare sempre più in alto, fino a raggiungere le stelle.»

«Stai scherzando, vero?»

«No. C'è qualcosa di sbagliato nel cercare di raggiungere le stelle?» rispose arrabbiato.

«Come ti viene in mente di costruire un aquilone che ti farà toccare le stelle? È... è impossibile.»

«Se pensi questo...» non finì la frase e se ne andò.

Non replicai. Era giusto dire a quell'ingenuo ragazzo che non sarebbe mai stato in grado di portare il suo aquilone fino alle stelle? Mi ricordai di quando avevo la sua età: ogni cosa mi sembrava possibile, ero libero di sognare, di fare in modo che ogni cosa diventasse realtà.

Questo accadeva tanto tempo fa. Poi sono cresciuto e ho iniziato a preoccuparmi delle cose «importanti» nella vita. Ero triste perché nessuno mi aveva avvertito che dopo aver passato buona parte della vita a cercare la sicurezza, una volta raggiunta, l'avrei odiata.

Il giorno seguente mi alzai presto. Non avevo dormito bene quella notte. Le parole di quel ragazzo mi avevano tolto il sonno.

Decisi di tornare nel parco. Il ragazzo era lì, caparbio come il giorno prima, che cercava di far volare il suo aquilone senza riuscirci.

Mi avvicinai a lui. «Qualche miglioramento?» chiesi.

«Perché me lo chiedi?» replicò. «Tu non pensi che io possa volare con lui tanto in alto da raggiungere le stelle.»

«Esatto», ammisi.

«Ciò che tu non capisci non lo possiedi fino in fondo», disse.

Venni colto così alla sprovvista da quella frase da non sapere cosa rispondere. Ma quanti anni aveva? Sembrava un pivellino alle prime armi, eppure aveva enunciato una verità che mi aveva lasciato senza parole. E, fatto ben più importante, aveva suscitato in me domande a cui non ero in grado di rispondere.

«Quanti anni hai?» chiesi.

«Be', dipende... È proprio necessario saperlo?»

«No», risposi.

«È la soluzione migliore», affermò. «Adesso dimmi: sei venuto a fare due passi nel parco o ad aiutarmi a costruire un aquilone che mi porterà alle stelle?»

Per quanto bizzarro possa sembrare, avevo deciso di aiutarlo a costruire uno *star kite*, un aquilone stellare, uno di prima categoria.

«Grande», disse il ragazzo.

«Non so perché sto facendo tutto questo, ma ti aiuterò.»

«Togliere un peso dal cuore di un'altra persona è un modo per dimenticare il proprio affanno», aggiunse il ragazzo con un grande sorriso.

Poiché non ero molto esperto nel costruire aquiloni, decisi di andare in una grande libreria, molto fornita, che distava parecchi isolati da casa mia a comprarmi un manuale. Dopo aver curiosato per un po' nel reparto dedicato agli hobby, trovai il libro che stavo cercando: *Come costruirsi un aquilone*. Lo portai alla cassa, pagai e mi diressi difilato al parco dove sapevo che avrei incontrato quello strano ragazzo che era entrato nella mia vita. Gli mostrai il manuale.

«Ci sarà utile?» chiese.

«Non ne sono sicuro», risposi, «ma possiamo dargli un'opportunità.»

«Okay», disse il ragazzo. «Comunque dobbiamo avere l'aquilone pronto entro domani notte.»

«E perché domani notte?»

«Fidati», affermò. «Deve essere pronto entro domani notte! Mi aiuterai?»

Che cosa avrei mai potuto dire? Ero sicuro che lo avrei assecondato. «Okay, però dobbiamo lavorare sodo. Non abbiamo tanto tempo.»

Demmo una rapida scorsa al libro per farci un'idea di quale tipo di aquilone avrebbe fatto al caso nostro.

Il modello che ci piacque si chiamava Turbine, il nome giusto per ciò che volevamo costruire. Era tagliato a rombo e, in base alla mia esperienza, aveva una coda niente male, che sarebbe stata in grado di innalzarsi fino al cielo o, almeno, di portarsi ben in alto.

«Funzionerà?» mi chiese il ragazzo.

«Ne sono certo!»

«Allora, facciamolo!»

Comprammo dei bastoncini di legno, delle cannucce e lo spago necessari a costruire il telaio. Prestammo molta attenzione nella scelta del materiale di velatura. Con la carta plastificata da regalo, la copertura sarebbe stata perfetta!

«Ah, e poi deve essere color dell'oro.»

«Perché?»

«Così potrà essere 'visto' dalle stelle.»

Cercai di stare calmo. Sapevo che c'era qualcosa che mi univa a quel ragazzo, ma stavo iniziando a sentirmi «strano».

«Che cosa stai cercando di fare?» gli domandai.

«Tornarmene a casa.»

Lo guardai, e decisi di non fargli più domande.

* * *

Passammo la notte e il giorno seguente a costruire il nostro Turbine o come lo aveva battezzato il ragazzo *Eddy kite.*

Per prima cosa tagliammo la sagoma a forma di rombo, che era poi il telaio portante dell'aquilone. Poi due listelli centrali incrociati. Utilizzammo un avvolgimento rigido di circa cinque centimetri per costruire un raccordo dei listelli. Dopo aver portato tale perno centrale sopra la fiamma per alcuni secondi, lo piegammo fino a ottenere un angolo di quindici gradi. Poi preparammo con il nastro adesivo delle piccole tasche e le sistemammo a ogni angolo della velatura; infine vi inserimmo l'estremità di ciascun listello.

«Sta diventando bellissimo!» esclamai.

«Ma volerà alto quanto le stelle?» domandò il ragazzo.

«Non ne sono sicuro», risposi.

Si mise a ridere. «Tu puoi scegliere di chiudere gli occhi sulla realtà, ma non sui sogni», disse.

Ancora quella strana voce... «Ma tu chi sei?» chiesi io.

«Vuoi saperlo davvero?»

«Sì», replicai.

Mi guardò negli occhi e poi alzò lo sguardo al cielo.

«Sono una stella.»

Scoppiai in una sonora risata. «Ma dài, smettila con questi scherzi, dimmi chi sei davvero.»

«Sono una stella», ripeté di nuovo.

Mantenni la calma. Che cosa avrei dovuto fare? Continuare ad aiutare questo ragazzo dall'aria strana di cui non sapevo molto o lasciarlo perdere?

«L'unico vero viaggio di scoperta consiste non nel cercare nuovi panorami ma nell'osservare con occhi nuovi», affermò.

Rimasi in silenzio e iniziai a fare la coda.

* * *

Era quasi il tramonto. Avevamo lavorato duramente e l'aquilone era pronto. I listelli del telaio portante erano stati tutti rinforzati. La carta oro era ben tesa e fissata al telaio. Il filo per far volare l'aquilone era annodato stretto intorno al raccordo dei due listelli incrociati a X, e alle estremità del dorso. Tutti i listelli erano stati incollati insieme perché tenessero. Aveva un aspetto meraviglioso. Gli ultimi raggi del sole risplendevano sull'aquilone d'oro.

Il ragazzo mi guardò con aria felice. «Penso che sia pronto, e sono sicuro che farà il suo dovere.»

«E adesso che cosa facciamo?» chiesi.

«Quanto è lungo lo spago che lo fa volare?» domandò.

«Be', è molto lungo. Direi che è quasi mille metri di filo!»

«Può bastare. E la coda?»

Sorrisi compiaciuto. «Funzionerà.»

«Grazie», disse il ragazzo.

«Non c'è di che», risposi.

«L'unica cosa che riusciamo a tenerci stretti è l'amore che doniamo intorno a noi. Il vero amore inizia quando non si cerca nulla in cambio. Grazie per avermi aiutato. Ora dobbiamo portarci sulle montagne.»

«E perché mai?» chiesi.

«Le montagne sono ponti tra la Terra e il cielo. Mi ci porterai? Si sta facendo tardi.»

Ero molto confuso. Eppure, qualcosa dentro di me mi stava dicendo che avrei dovuto fare ciò che quel giovane mi chiedeva.

«Okay, andiamo.»

Mi regalò un sorriso raggiante. Quasi come una stella.

Ci volle un po' per arrivare in cima alla montagna, dove la strada finiva. Fermai l'auto.

«E ora?» chiesi.

«Usciamo dalla macchina. Prendi *Eddy kite,* mi raccomando e tienilo mentre aspettiamo.»

«Aspettiamo che cosa?»

«Lo vedrai.»

Mi stavo innervosendo. Perché avrei dovuto fare quello che mi stava dicendo?

«Quando segui il tuo cuore, si aprono porte dove non pensavi ce ne fossero, e soprattutto dove non ce ne sono per nessun altro», disse.

La notte era tersa e particolarmente cristallina, in vetta le stelle si mostravano più brillanti che mai.

«Ho perduto i miei amici, ma per fortuna stanotte sarò di nuovo con loro.»

«Vuoi ancora farmi credere che sei, ehm... una stella?»

«E tu, per favore, vuoi crederci? Dimentica le brutte esperienze che hai avuto e che ti hanno portato a essere una persona che non crede più nella magia dell'esistenza, sforzati almeno questa volta a credere che esista un po' di magia.»

Quando ero piccolo, pensavo che ogni cosa fosse possibile, ma poi la vita mi ha provato il contrario e ho perso la mia fede. Il tempo ci fa cambiare e un bel giorno all'improvviso diventiamo vecchi e crediamo solo a ciò che i nostri occhi vedono, ma soprattutto dimentichiamo ciò che il nostro cuore cerca d'insegnarci nell'arco della nostra esistenza.

«Devi ascoltare il cuore quando ti suggerisce qualcosa, anche se hai paura.» Alzò gli occhi al cielo per abbracciarlo con un solo sguardo.

Stavo per parlare, ma lui m'interruppe.

«Tutto ha avuto un principio», sentenziò. «Sbrighiamoci! Facciamo volare il mio *Eddy kite*!»

Guardai il cielo. Centinaia di stelle cadenti di colpo apparvero in ogni angolo del firmamento. Era uno spettacolo magnifico.

«Sbrighiamoci!» ripeté.

Sostenevo l'aquilone, mentre il ragazzo dava corda. Non mollavo la presa. Poi, quando tutto il filo fu dipanato, mi gridò: «Ora! Lascialo andare!»

Lasciai andare l'aquilone. Il ragazzo iniziò a correre più veloce che poteva. A poco a poco, l'aquilone d'oro iniziò a librarsi nel cielo. Cinquanta metri, cento, duecento. Non ci potevo credere. Stava prendendo quota alzandosi in una bella verticale proprio davanti a me, finché a un certo punto era talmente alto che i miei occhi non poterono più scorgerlo. Corsi pieno di frenesia incontro al ragazzo. Teneva con mano ferma il filo che dava strattoni, senza permettergli di fuggire. Lo aiutai a mantenere la posizione, perché l'aquilone tirava con parecchia forza in senso opposto al vento. Pensavo che il filo fosse lì lì per spezzarsi.

Poi, in un attimo, una folata impetuosa di vento ci colse alla sprovvista, proprio mentre

una gigantesca stella cadente passava sopra le nostre teste.

«Addio!» gridò il ragazzo.

«No!» urlai.

Ma era troppo tardi. Il ragazzo si stava librando in aria, appeso al filo dell'aquilone. Rideva e io lo seguii con lo sguardo ammaliato fino a che scomparve nel cielo.

Mi sembrava tutto un sogno. Non poteva essere accaduto davvero. Eppure, lo era. Mi accasciai a terra. Era stato un sogno? Era realtà?

No, era impossibile.

Tornai verso l'auto. Stavo per aprire la portiera, quando vidi qualcosa a fianco della vettura. A terra brillava l'aquilone d'oro.

L'unica cosa che riusciamo a tenerci stretti è l'amore che doniamo intorno a noi.

Sorrisi, raccolsi l'aquilone e lo misi in macchina. Mentre guidavo verso casa, avrei potuto giurare che c'era una nuova stella in cielo, più brillante di tutte le altre.

La quinta stella

Un cucciolo di megattera, venuto al mondo da poche maree, succhiava placido il latte dalla mamma, e sentiva che il tepore di quel liquido bianco e grasso lo ricaricava di energie.

Il pasto durò una buona mezz'ora. Era una notte tersa e particolarmente cristallina, e in mezzo all'oceano, quella puerpera sbuffante e la sua creatura riposavano al largo, entrambe avvolte nella serenità dell'oceano.

«È una magnifica notte con una marea di stelle, mamma.»

«Proprio così», rispose la balena. «Abbia-

mo ricevuto il dono di un'altra notte tranquilla e splendente.» Poi con i modi di una mamma che sa il fatto suo, fece fare al piccolo una virata per fargli guardare il Sud.

«Vedi quelle cinque stelle che assomigliano a una croce?»

Il cucciolo mise un occhio fuori dall'acqua e fissò il cielo, nella direzione in cui guardava la madre. «Sì, le vedo», disse sbuffando.

«Quelle stelle lassù sono molto importanti per noi», replicò la madre. «Quando farai la tua prima traversata vedrai quanto ci saranno utili nel farci da guida verso i fondali ricchi di cibo nelle acque fredde dei mari del Sud.»

La madre scoprì i fanoni in un sorriso e, sfiorando il suo piccolo, disse: «Nei primordi, quelle stelle che sono chiamate la Croce del Sud non erano cinque, ma solo quattro».

«Solo quattro?» chiese il cucciolo.

«Sì. La storia della quinta stella è una storia

di coraggio e di amicizia. Imperniata sulla capacità di dare.»

«Puoi raccontarmela?» fece il piccolo accompagnando la richiesta con un sonoro colpo di coda.

Mamma balena guardò il cielo come a chiedere consiglio su un segreto d'amore. «Sì, che posso e voglio proprio raccontartela.»

Era la metà di settembre, ed erano già passati tre mesi da quando, nelle tiepide acque dell'America del Sud al largo della costa nordoccidentale, erano arrivate le megattere. Erano in fuga dall'inverno antartico per partorire e nutrirsi nelle calde acque dei tropici.

Ma, come accadeva da migliaia di anni, un giorno lo sbalzo di temperatura e l'istinto segnalarono alle balene che era tempo di ritornare alle acque originarie, dove avrebbero trovato il *krill*, il prezioso cibo per queste enormi creature.

I primi esemplari a partire dai mari del Sud

erano state le balene appena ingravidate, seguite dai giovani maschi non ancora arrivati alla piena maturazione sessuale, e all'ultimo, le mamme con i cuccioli, natanti inesperti, ma capaci quel tanto da resistere alla loro prima migrazione.

Le acque tropicali adatte alla procreazione erano, però, povere di cibo a confronto dei fondali polari e il branco, per raggiungerli, doveva esporsi a un piccolo cambiamento dell'alimentazione durante il viaggio. Il branco di balene sapeva bene che per otto settimane avrebbe dovuto far conto solo sull'energia immagazzinata nei muscoli, nel grasso di balena e nelle pliche del corpo, prima di raggiungere le ricche acque antartiche.

Era lungo il tragitto per migrare ma questa nuova generazione, come i loro avi in passato, avrebbe seguito il rituale che si ripresentava ogni anno e che aveva conservato la specie nei secoli.

* * *

Erano passate quattro settimane da quando il branco aveva preso il largo. Le balene erano in buona forma, tutti gli esemplari si aiutavano tenendosi a bada a vicenda, cosicché nessuno rimanesse indietro. Le balene hanno sempre comunicato tra loro: con il canto. Ogni gruppo ha la sua particolarissima canzone, intonata da tutti i suoi membri, con piccole variazioni individuali della melodia. In acqua la balena scambia messaggi con i propri cuccioli; i maschi fanno lo stesso con le femmine. Questo di solito conferisce al branco migrante un senso di sicurezza nella lunga traversata verso la destinazione finale: le acque del Polo.

Il sole era ormai tramontato e le balene puntavano verso i mari più impetuosi del mondo. All'improvviso, senza neanche accorgersene, iniziarono ad avere problemi nel comunicare tra loro. Il canto aveva una forza straordinaria, eppure, nonostante l'intensità, la loro comunicazione si era fatta sempre più difficile. Alcune delle balene più giovani e con poca esperienza ebbero paura, quando il contatto con le loro madri cominciò a farsi disturbato nelle acque vorticose dell'oceano.

E allora accadde il fattaccio. Un'imbarcazione che seguiva la stessa rotta delle balene gettò tutti nel caos. Lo scafo divise il branco a metà isolando alcuni esemplari. Il passaggio della nave spaventò gli animali ed essi iniziarono a nuotare in varie direzioni. Alla fine, la barca distanziò il branco, senza nemmeno notare il grave danno che aveva combinato.

Ci volle quasi mezz'ora alle balene per riprendersi da quel trauma. I maschi più grossi si misero alla ricerca dei loro simili, e fecero di tutto per ricongiungersi. Nella notte oscura soltanto i canti erano loro d'aiuto. Il capobranco, un grosso leviatano da venticinque tonnellate, riunì il gruppo intorno a sé e iniziò a chiamare per nome le balene. C'erano tutti, maschi e femmine, per Nettuno! A un certo punto, il maschio più anziano sentì l'urlo disperato di una delle femmine. Non riusciva più a trovare il suo cucciolo! Tutti si misero a cercare freneticamente il piccolo che si era perso, ma invano. Allora si misero l'uno di fianco all'altro e intonarono in coro la loro canzone, cercando di metterci tutta la forza possibile affinché il cucciolo che si era smarrito potesse ritrovare la rotta di famiglia.

Passarono due giorni ma del cucciolo nessuna traccia. Il branco non aveva più la forza di richiamarlo. Il maschio più anziano sapeva che si stava mettendo male. Non potevano più rimanere al largo; se perdevano ancora peso, correvano il rischio d'indebolirsi e per loro sarebbe stato impossibile raggiungere le acque dell'Antartico dove avrebbero potuto fare il pieno di energia con scorpacciate di krill. Così chiamò a raccolta l'intero branco ed esclamò: «Miei cari amici di pinna, siamo di fronte a una tragedia e nonostante tutti i nostri sforzi, non abbiamo ritrovato il cucciolo che si è smarrito. Tuttavia noi dobbiamo continuare a migrare o presto saremo morti. È la legge della natura, e noi dobbiamo sottostare a essa. Preghiamo perché il piccolo ritrovi la rotta, a questo punto la sua rotta». Poi, posando lo sguardo sulla madre angosciata, disse: «Mi dispiace, ma non c'è altro che possiamo fare. Noi dobbiamo continuare la nostra traversata».

La madre chinò il capo, consapevole che anche lei avrebbe dovuto continuare a stare con il branco, poiché tutte le balene hanno bisogno l'una dell'altra. Con slancio materno, si portò ancora una volta sbuffando in superficie, in un ultimo e disperato tentativo di scorgere a colpo d'occhio il suo cucciolo, ma non vide nulla su quell'immensa tavola piatta e vuota del mare.

Il branco aveva ripreso la sua migrazione, mamma balena versò lacrime amare che si confusero con le gocce salate dell'oceano, poi puntò dritta verso il gruppo per riguadagnare il tempo perduto.

A parecchie miglia di distanza, il cucciolo debole e impaurito nuotava sentendo dentro di sé un mare di desolazione. Quando la barca aveva diviso in due il branco, lui aveva istintivamente puntato a nord. Questo gli aveva fatto perdere l'orientamento per qualche tempo. Si era portato sempre più distante dal branco, e poiché i suoi sensi erano stati troppo sollecitati in quel trambusto, non riusciva più a sentire il loro richiamo. Più nuotava in cerca di sua madre, più si allontanava. E ora, non aveva la più pallida idea di dove fosse. Affiorò in superficie e vide soltanto la vastità dell'oceano, nulla che potesse mostrargli come trovare la rotta che seguiva il suo branco.

Passarono due giorni e due notti: il cucciolo senza difese si sentiva perduto e in preda allo sconforto. Che farò? pensava tra sé. Così si lasciava galleggiare in superficie, sbuffando piano e provando in cuor suo paura e una solitudine mai avvertita prima. Cercò di canticchiare quella melodia che sua madre gli aveva insegnato, sperando che qualcuno del branco lo sentisse. Ma il branco era lontano, troppo lontano.

* * *

Il piccolo era così triste che non si era accorto, a causa nella notte nera come la pece, di aver nuotato in acque poco profonde, fino a sfiorare una punta rocciosa che sporgeva dal mare. Abbarbicate a quegli scogli sommersi, proprio sotto la pancia del cucciolo, un ammasso di stelle marine aveva colto i suoi lamenti.

Una di loro senza dare nell'occhio si portò vicino al nuovo arrivato.

«Che ci fai quaggiù tutto solo?» chiese il tentacolare abitante dei mari.

«Chi sei?» rispose a sua volta il cucciolo.

«Sono una stella di mare e ho ascoltato la tua canzone.»

Il cucciolo di balena a quel punto iniziò a piangere. «Mi sono perduto», disse. «Stavo mi... migrando con la mamma e il branco, quando è arrivata una barca... Ero così impaurito che ho iniziato a nuotare a tutta pinna lontano da quel mostro, ma dopo un po' mi sono reso conto di essermi perso. Non riesco a ritrovare il branco, ecco.»

«Sai dove stessero andando?» domandò la stella marina.

«Sì e no. Sono nato nelle acque tropicali e mia mamma mi ha spiegato che dopo un po' di lune dobbiamo migrare alla volta di acque più fredde, dove c'è tanto pesce da mangiare.»

«Hai detto 'acque più fredde'?»

«Già», rispose il cucciolo.

Dev'essere il tratto più meridionale dell'oceano, pensò la stella marina. Rivolse uno sguardo a quel piccolo di balena tutto solo, indebolito dalla lunga nuotata e pieno di paura, e poi aggiunse: «Sarò di ritorno fra un tonno-secondo. Aspettami e vedrai che ti aiuterò a ritrovare il tuo gruppo».

La stella marina si lasciò rotolare, trasportata dalla corrente, fino alla punta rocciosa dove altre stelle stavano chiacchierando. «Devo lasciarvi», disse trafelata la stella marina.

«E per andare dove?» chiesero le altre.

«Devo aiutare un cucciolo di balena a trovare la rotta di casa.»

«Ma sei pazza, morirai al contatto con le acque fredde.»

La stella di mare tenne un bel discorso ai suoi amici. «Lo so», esordì. «Sono una vecchia e stanca stella di mare che sa il fatto suo perché ha visto tante maree. Ho vissuto una vita magnifica, mi sono... ehm, 'intrecciata' parecchie volte e ho fatto ogni cosa che una di noi si supponga faccia nell'arco della sua vita. Ora farò qualcosa di speciale, che darà un senso alle ultime lune della mia esistenza.» A queste parole, lasciò la presa sulle rocce e rotolò in balìa della corrente finendo di nuovo accanto al cucciolo di balena. Si posò delicatamente sul piccolo e le sue braccia coloratissime lo abbracciarono facendogli anche un po' di solletico.

«Che si fa?» chiese il piccolo.

«Non perdiamo altro tempo!» tagliò corto la stella marina. Si arrampicò sulla pelle della balena finché non raggiunse la sommità del capo, proprio vicino allo sfiatatoio con cui il cucciolo sbuffava. Da lassù poteva vedere il cielo! Una magnifica notte limpida e carica di stelle illuminava con la sua luce il regno delle tenebre. Era la Via Lattea quella? Certo che era bella, e così quella costellazione laggiù e quell'altra ancora... La signora echinoderma stava cercando un ammasso di quattro stelle. Alla fine lo individuò.

«Vedi quelle quattro stelle lassù che formano una croce? Proprio una pinna a sinistra di quella stella brillante là...» Indicò con la punta di una delle sue tante braccia.

«Sì, riesco a vederle», rispose il piccolino.

«Bene!» replicò soddisfatta. «Quelle stelle

ci indicano dove andare. Seguile e ritroverai la tua famiglia.»

«Ne sei proprio sicura?»

«Sì, corpo di mille balene!» si lasciò scappare la stella marina. «Fanno il loro dovere ogni notte, senza riguardo all'ora o alla stagione!»

Il cucciolo sorrise felice. «Grazie. Pensi che ritroverò il mio branco?»

«Ma certo, perché io verrò con te.»

«E come la metti con la tua famiglia?» chiese il cucciolo di balena. «Non ti mancheranno?»

«Be', vedi... io non ho famiglia, morirono tutti quando una barca come quella che hai incontrato tu versò qualcosa di mortifero estirpando tutte le forme di vita sui fondali sommersi dove noi avevamo la nostra dimora. Sono l'unico esemplare che si è salvato.»

* * *

Passarono tre settimane e la stella marina e il cucciolo di balena nuotarono stretti uno all'altra, guidati dalla Croce del Sud che faceva capolino nel cielo notturno.

L'acqua si era fatta sempre più fredda e le notti si erano accorciate al sopraggiungere dell'estate nell'emisfero australe.

Il cucciolo però era molto stanco e non riusciva più a nuotare, era sul punto di mollare tutto.

«Non penso di farcela», disse.

«Invece sì, che puoi», l'incoraggiò la stella marina. «Insieme ce la faremo. Dovremmo essere solo a una luna dal branco. Dài, non mollare proprio ora!»

Il piccolo continuò a nuotare, ma i suoi movimenti si facevano sempre più lenti. Era quasi allo stremo delle forze, e siccome aveva perso quasi tutto il grasso che lo proteggeva dalle acque gelide, iniziava a sentirsi intirizzito dal freddo. Non ce la faccio, pensò.

Poi di colpo si fermò. Aveva sentito qualcosa, rimase fermo, mettendosi in ascolto. Passò del tempo ed ecco che udì di nuovo un suono indistinto. Erano lamenti, brontolii, canti e sibili quelli che sentiva. Era la canzone del suo branco! Iniziò a intonare lui stesso quella ripetitiva melodia cercando un contatto con gli altri. Canticchiò per ore, senza ottenere risposta. Esausto, smise di cantare, aspettando la morte.

Arrivarono al mattino: due maschi colossali e una femmina. Videro il cucciolo di balena che si lasciava galleggiare sull'oceano piatto e vasto come una tavola. Temendo il peggio, la femmina si avvicinò al piccolo inerte.

Lo sfiorò con la sua pinna in un gesto d'amore e il cucciolo si risvegliò.

«Mamma!»

«Sì, sono io», gridò. «Come sono felice di

rivederti, piccolo mio! Pensavo che tu... insomma, che non ci fossi più!» Poi si piegò con grazia verso il figlio in modo che potesse succhiare tutto il latte di cui aveva bisogno per fare il pieno di energie.

Non ci volle molto e il cucciolo tornò a sentirsi più forte e vivo che mai.

«La stella marina mi ha salvato la vita», disse. «Grazie, stellona.»

«Stellona?»

Sua madre guardò la stella marina attaccata alla testa del cucciolo.

«È... è morta, figlio mio. L'acqua è troppo fredda, quest'animaletto non può sopravvivere quaggiù.»

«Ma allora perché è venuta con me?»

«Pensava che salvare la tua vita fosse più importante che perdere la propria.»

Il cucciolo di balena sollevò la stella marina morta con la sua pinna caudale.

«Grazie, amica mia, non ti dimenticherò.»

«È tempo di andare», disse il maschio.

Il piccolo guardò la stella marina per l'ultima volta e la lasciò scivolare lentamente sul fondo dell'oceano. Poi nuotò verso sua madre, e tutti insieme fecero una virata verso Sud, dove il resto del branco aveva trovato dei fondali pescosi, l'ideale per rifocillarsi.

Quella notte accadde un fatto strano.

La Croce del Sud apparve non con quattro, bensì con cinque stelle.

Il cucciolo la guardò: la quinta stella brillava di una luce più debole delle altre, ma all'improvviso si fece molto, molto luminosa.

«È come se avesse un cuore», osservò.

«Già», replicò la madre. «Ora quella stella ha un cuore.»

La vita va avanti

Una volta in televisione ho visto il Dalai Lama. Stava tenendo una conferenza stampa in cui spiegava quante sofferenze ha subìto il Tibet, l'umiliazione e il rammarico di una nazione, la sua, oppressa dal governo comunista cinese.

Quasi al termine dell'incontro, un reporter gli chiese: «E quale soluzione ci sarebbe, secondo lei?»

Il Dalai Lama sorrise, come al solito, e poi rispose: «Impara a rispettare qualunque insetto, e avrai imparato a rispettare il mondo intero».

Io non sono buddista. Però la saggezza delle sue parole mi ha fornito una grande lezione. Se noi fossimo capaci di rispettare una creatura che risulta odiosa ai più, sapremmo rispettare chiunque o qualunque cosa abiti questo mondo.

Dopo una lunga giornata di lavoro tornai a casa; il sole di piena estate aveva trasformato il mio appartamento affacciato sull'oceano in un forno. Mi tolsi le scarpe, mi servii un bicchiere di tè ghiacciato e mi sedetti in soggiorno a contemplare l'oceano che si presentava davanti ai miei occhi in tutto il suo splendore: finalmente mi stavo rilassando.

Era stata una giornata faticosissima in ufficio; sommerso dal lavoro non mi ero nemmeno accorto che il tempo era semplicemente volato via. Presi un libro che avevo iniziato a

leggere la sera precedente, mi accesi una sigaretta e mi misi comodo.

Stavo leggendo da cinque o dieci minuti quando notai una sagoma scura in un angolo della stanza. Non capivo cosa fosse, così mi alzai per andare a vedere.

Una gigantesca falena si era posata sul pavimento, proprio nell'angolo dove poteva ripararsi dalla brezza dell'oceano che soffiava attraverso le finestre aperte. Stranamente, la falena era all'interno del salotto, dietro la porta a vetri, e non fuori sul balcone. Chissà perché è qui, pensai stupito.

Mi avvicinai facendo molta attenzione. Era una poderosa falena, lunga otto o dieci centimetri. Le sue magnifiche ali bruno rame, venate con mille ombreggiature, avevano due stelle di un giallo intenso che sembravano dipinte in punta di pennello.

Mi è stato insegnato fin dall'infanzia che è meglio sbarazzarsi delle falene. Tarlano i vestiti e sono fastidiose. E poi provocano fastidio. Mi avvicinai quatto, quatto, pronto a darle un buffetto per farla volare via.

Stai ben attento a come guardi il mondo, perché il mondo sarà esattamente come tu lo guarderai.

Mi fermai. Chi aveva parlato? Ero solo. Avevo davvero sentito una voce o era solo frutto della mia immaginazione?

Di nuovo mi avvicinai all'insetto dannoso, pronto a sbarazzarmene una volta per tutte.

Comprendi ciò che sta davanti ai tuoi occhi e ciò che è celato ti sarà rivelato.

Questa volta mi spaventai. Da dove proveniva quella voce? Avevo avuto una giornata talmente pesante sul lavoro che ora udivo le «voci»?

Mi occorse un po' di tempo per rimettermi in sesto, poi mi avvicinai di nuovo alla falena, questa volta però per osservarla. Era tutta tremante; dalla mole e dall'aspetto sembrava molto vecchia. Perché aveva cercato riparo dietro la porta a vetri, ben lontano dalla brezza marina? Forse stava per morire e cercava disperatamente un posto tranquillo per andarsene in santa pace da questo mondo?

Le sfiorai le ali, era ancora viva, ma faceva fatica a muoversi. Era molto vecchia. Provai molta tristezza per quella creatura e cercai di immaginarmi quale razza di vita avesse avuto. Ma ero stanco morto e l'unica cosa che potevo fare per lei era di metterle vicino un recipiente colmo d'acqua, in modo che le fosse a portata. Forse quest'espediente l'avrebbe aiutata a ritrovare le antiche forze.

Fatto ciò, me ne tornai a leggere e quasi mi scordai di lei. Lessi per un po' e poi andai a letto.

Mi addormentai di colpo scivolando come un sasso in un sonno profondo.

* * *

Quella notte feci un sogno strano. Stavo camminando a piedi nudi in una magnifica foresta popolata di altissimi alberi di ogni specie. Un venticello leggero mi accarezzava il viso e un sole splendente riscaldava il mio cuore.

Camminando nella foresta vidi una grande farfalla che svolazzava davanti al mio naso. Aguzzai la vista osservandola più da vicino. Non potevo credere ai miei occhi. Era la stessa falena che avevo scorto in soggiorno! Questa falena, però, era piena di vita, e avanzava ondeggiando graziosamente trasportata dal refolo d'aria fresca.

«Ciao», mi disse.

«Ciao», risposi.

«Un grande cuore si riempie con poco», affermò la falena.

«Tu sei la stessa falena che ho visto nel mio soggiorno?»

«Sì.»

«Sembravi così... fragile! Pensavo fossi sul punto di morire.»

«Infatti lo sono», ammise. «Questo è un sogno, e nei sogni ogni cosa è possibile. Persino parlare con una falena.»

«Come sai tutto ciò?» chiesi.

«La saggezza non è racchiusa nelle dottrine o nei diplomi di scuola, ma si trova nel libro aperto della vita. E io ne ho vissuta una bella lunga.» La falena si posò gentilmente sulla mia spalla e continuò: «Dovrei chiederti un favore».

«Di che si tratta?» domandai.

«Voglio fare ancora una cosa utile prima di andarmene definitivamente in cielo. Quando ti alzerai domani, non gettarmi nella pattumiera. Mettimi invece da qualche parte dove io possa essere utile.»

«Ma come può essere utile una falena che muore?»

«La tua vita è un dono dell'universo. Ciò che farai della tua vita sarà il tuo dono all'universo, ma adesso è tempo per te di dormire», disse la falena. «Grazie per avere condiviso con me il tuo sogno.» Poi se ne volò via scomparendo all'orizzonte. Sentii la voce che avevo già udito la sera prima nel mio soggiorno: *La vita va avanti...*

Mi svegliai al mattino presto. Avevo passato una notte magnifica, di appagante riposo e sprizzavo energia da tutti i pori.

Feci una doccia e mi preparai del caffè deliziandomi con l'aroma dei chicchi appena macinati. E quel meraviglioso sentore si mantenne persistente anche quando il caffè fu pronto.

Avido di leggere, raccolsi il quotidiano lasciato fuori dalla porta, e mi accomodai in soggiorno per sapere le ultime notizie. Stavo per calarmi nella lettura, quando mi ricordai del sogno. Istintivamente guardai nell'angolo vicino alla porta a vetri.

La falena era ancora là.

Era morta.

Mi venne un nodo in gola. Perché? In fin dei conti era soltanto una falena!

Uscii sul balcone e guardai l'oceano sorseggiando il mio caffè.

Dopo un po', mentre stavo per rientrare in casa, vidi un vaso di fiori con una pianta molto malata: avevo usato ogni genere di fertilizzante e vitamina per farla riprendere, ma non era servito a niente. Sfiduciato, le diedi dell'acqua e le misi un sostegno conficcando una bacchetta nel terreno.

Quando entrai nel soggiorno, raccolsi la falena, con tutta la delicatezza possibile, e andai in cucina per buttarla nella pattumiera. All'improvviso mi tornarono in mente le parole del sogno: *Quando ti alzerai domani, non get-*

tarmi nella pattumiera. Mettimi invece da qualche parte dove io possa essere utile.

Utile?

Portai la falena sul balcone e la seppellii nel terriccio umido del vaso di fiori della mia pianta sofferente. Non chiedetemi perché. L'ho fatto e basta.

Quel giorno andai a lavorare come sempre, ma non riuscivo a togliermi l'immagine della falena dalla testa. Il sogno era così reale. Ripensai alle parole che avevo sentito la notte prima.

Che cosa andava avanti?

Lavorai fino a tardi e quando rincasai era notte inoltrata. L'unica presenza che aveva sollevato il mio spirito durante il tragitto di ritorno era stata la magnifica luna piena che mi aveva «preso a braccetto». Era di un giallo che saltava subito all'occhio, e appariva enorme. Migliaia di stelle trapuntavano quel cielo notturno. La notte giusta per un miracolo, pensai.

Eccomi finalmente a casa. Ero stanco morto. Prima di sprofondare fra le coperte, andai in cucina, per versarmi un bicchiere di latte. Stavo per spegnere la luce quando qualcosa attirò la mia attenzione sul balcone. Feci scorrere la porta a vetri e uscii sul terrazzo.

Rimasi... di stucco!

La pianta moribonda che avevo innaffiato senza farmi troppe speranze si era completamente trasformata. I suoi gambi penduli erano belli dritti e sfidavano l'aria con le loro cime. Le foglie accartocciate erano tese e di un verde brillante, e due enormi fiori bruno rame svettavano miracolosamente come ali dal cuore stesso della pianta e assomigliavano in tutto e per tutto a due stelle dorate alla magica luce della luna piena.

Ero senza parole, e fu così che mi ricordai

le parole della falena: *Stai ben attento a come guardi il mondo, perché il mondo sarà esattamente come tu lo guarderai. Comprendi ciò che sta davanti ai tuoi occhi e ciò che è celato ti sarà rivelato.*

Avevi ragione, mia cara falena, pensai, la vita va avanti. Nessuna creatura muore, niente muore. La morte non è la fine di qualcosa, ma soltanto l'inizio di qualcos'altro.

La luce della luna piena illuminava il mio terrazzo come non aveva mai fatto prima. Sapevo che lei da lassù era d'accordo con me. Gustai il latte e m'infilai di corsa a letto. Un sorriso convinto giganteggiava sul mio volto. Domani sarebbe stato un nuovo giorno.

Un giorno in cui avrei cercato di comprendere che cosa mi stava davanti agli occhi, in modo che ciò che è celato potesse essere rivelato al mio cuore.

Finito di stampare nel febbraio 2004
presso la Mondadori Printing S.p.A.
Stabilimento N.S.M. di Cles (TN)
Printed in Italy